J'ai 30 ans
dans mon verre

© Éditions Nathan/VUEF (Paris-France), 2001 pour la première édition
© Éditions Nathan (Paris-France), 2011 pour la présente édition
Loi n° 49-956 du 16 juillet 1949 sur les publications destinées à la jeunesse
ISBN : 978-2-09-253501-1
N° éditeur : 10176164 - Dépôt légal : août 2011
Imprimé en France par Pollina - L57675

HUBERT BEN KEMOUN

J'ai 30 ans
dans mon verre

Illustrations de Régis Faller

– J'ai 25 ans ! a déclaré Farid.

– Et moi, 32 ! a dit Léo.

À mon tour, j'ai regardé au fond de mon verre, et j'ai découvert un ridicule petit 5.

– Moi, j'ai 12 ans ! a fait Samuel.

– C'est moi le meilleur ! a lancé Pierrick en nous montrant le 47 gravé dans son verre.

– Nico, t'as encore perdu !
se sont-ils esclaffés.
C'est toi qui débarrasses !

Entre nous, la règle était claire, et c'était la même aux autres tables : celui qui perdait au jeu des verres devait débarrasser.

Il fallait déposer les assiettes,
les plats, les déchets sur le chariot
roulant, à la porte des cuisines.
Ce n'était pas fatigant, mais cela
me faisait arriver en retard
pour la récré. Et puis j'en avais
assez. Depuis huit jours, j'étais
tombé tous les midis sur le verre
au plus petit nombre.

Mes copains ont foncé vers
la cour, et je suis resté devant
les assiettes et le plat d'épinards.
Personne n'avait aimé
cette purée verte répugnante.
J'ai empilé les assiettes,
rassemblé les couverts…
Je retardais le moment
de m'occuper du plat
qui me dégoûtait.
– C'est encore toi qui fais
le service, Nico ? m'a demandé
Marguerite, la dame de cantine.

– J'ai pas de chance, à la loterie des verres ! ai-je répondu.
– C'est que tu te débrouilles moins bien que tes copains ! Ils sont plus malins que toi ! a-t-elle fait d'un air mystérieux. Plus malins et plus rapides ! a-t-elle ajouté en essuyant les tables débarrassées.

« Plus malins, plus rapides » ?
Qu'avait voulu dire Marguerite ?
Qu'ils trichaient pour me laisser
le service ?
– Tiens, Nicolas ! Pour ta peine,
prends cette glace à la vanille !
a fait Marguerite en brandissant
un esquimau sous mon nez.
Allez, file en récréation,
je finirai !

La glace à la vanille, j'adore !
Mais l'idée que mes copains
trichent depuis huit jours
pour me faire perdre,
ça j'ai détesté.
Il fallait que j'en aie le cœur net.

– Oh, Nico, t'as eu ça où ?
a crié Farid en me voyant arriver
avec ma glace.
– C'est un cadeau ! ai-je dit
en m'éloignant, énervé.

J'y ai pensé tout l'après-midi.
Petit à petit, je comprenais
pourquoi les copains
se débrouillaient toujours pour
être les premiers au réfectoire.

« Plus malins, plus rapides. »
Ils choisissaient les verres,
et moi je n'avais rien vu.
Au goûter, à la maison,
j'ai eu une idée pour leur donner
une leçon.

Le lendemain midi, j'avais 3 ans dans mon verre, alors que mes copains annonçaient des nombres entre 20 et 40. Le hasard ne pouvait pas me désigner neuf fois de suite, c'était impossible !

Mes copains trichaient !
À présent j'en étais certain !
– C'est encore ton tour, Nico !
riaient-ils en chœur.

J'ai fait le service. Mais, en quittant le réfectoire, j'ai sorti de ma poche la barre chocolatée que j'avais prise le matin
à la maison.

Sam a interrompu sa partie
de balle au camp.
– Whoua, Nico ! Qui t'a donné ça ?
– C'est Marguerite !
Pour me récompenser !
– Elle donne des barres
chocolatées quand on fait
le service ?!
– Ça dépend, hier c'était une
glace à la vanille, aujourd'hui,
il y avait du rab de barres.
Parfois, elle m'offre des gâteaux
ou des bonbons ! ai-je menti.
– Oh, la chance !!!
 Leurs yeux brillaient.
Brusquement, le service
n'était plus une corvée
mais une aubaine.

Le midi suivant, comme
par hasard, j'avais 30 ans
dans mon verre.
Farid a trouvé un 8.
C'est lui qui débarrasserait.
Il n'avait pas l'air mécontent...

Il était beaucoup moins heureux en nous rejoignant dans la cour, pendant la partie de chat perché.
– Marguerite ne m'a rien donné !

– C'est peut-être parce que tu n'as fait le service qu'une seule fois, ai-je déclaré.
– Mais, je déteste être de service, moi !

J'ai failli lui répondre
« moi aussi »,
mais j'ai préféré me taire.
Mes copains auraient compris
que je leur avais raconté
des histoires, et je risquais
de me retrouver de débarrassage
pendant un mois.

– Elle n'avait peut-être rien
à offrir aujourd'hui ! ai-je dit.
L'autre fois, elle m'a donné
un super yoyo qu'elle avait trouvé
dans les maxi-paquets de pâtes.

Dans l'espoir de se faire récompenser par Marguerite, chacun de mes copains voulait perdre au jeu des verres.

À tour de rôle, ils ont tous fait
le service pendant deux semaines,
sans rien obtenir.
Ils n'y comprenaient plus rien.

Et puis un lundi, j'ai décidé que ça suffisait. Pendant la récréation du matin, je suis allé voir Marguerite à la cantine. Je lui ai expliqué mon plan et ça l'a bien amusée.
J'ai d'abord vérifié les verres de notre table. Aucun n'avait le même nombre. Ensuite, j'ai foncé vers les étagères de rangement pour trier une bonne quarantaine de verres afin de trouver ce que je cherchais.

Au repas de midi, je suis arrivé au réfectoire en même temps que les copains.
– J'ai 30 ans ! a lancé Sam.
– Tiens, moi aussi, a dit Farid.
– Ça alors, moi aussi, j'ai 30 ans ! s'est exclamé Léo.

– Et toi, Nico ?
– Pareil, 30 ans.
– C'est dingue ! J'ai aussi 30 ans !
a fait Bruno.

C'est ainsi que nous avons tous fait le service. Cela nous a pris à peine cinq minutes.
Marguerite nous a même offert des chocolats pour nous féliciter.

– Profitez-en, les enfants, a-t-elle dit, mais je vous avertis, après les vacances, la cantine devient un self ! Vous serez tous de service tous les jours !

Hubert Ben Kemoun

À l'âge de Nico, Hubert Ben Kemoun et ses copains de cantine louchaient déjà au fond de leurs verres, pour découvrir l'âge qu'ils avaient. Aujourd'hui encore, HBK continue à lorgner les chiffres au fond de son verre. Hélas, depuis quelques années, le nombre inscrit est souvent plus petit que son âge véritable. Il tente de s'imaginer qu'il a toujours trente ans…

Régis Faller

Quand il avait l'âge de Nico, pour rien au monde Régis n'aurait voulu manger ailleurs qu'à la cantine ! Il y adorait les poissons carrés, les bouillies vertes aux épinards, les desserts spongieux à la fraise, tout ces plats si exotiques ! Maintenant, il est obligé d'y manger tous les jours, et ça lui plaît beaucoup moins !

DÉCOUVRE UN AUTRE TITRE DE LA COLLECTION

Tous les jours, c'est foot !
Une série écrite par Hubert Ben Kemoun,
Illustrée par Régis Faller

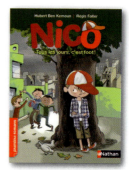

« À la récréation après la cantine, il y a toujours foot. Tous les garçons jouent, sauf moi. Ils prétendent que je ne cours pas assez vite. Même comme gardien, les copains ne veulent pas de moi dans leur équipe.
Ils disent :
– Nicolas, t'es pas un goal, t'es une passoire !
    Je serais d'accord pour être arbitre, mais ils trouvent que je ne connais pas assez bien les règles. C'est que le foot, c'est drôlement sérieux. »

Devenir un pro du foot, ça n'intéresse pas Nico. Tout ce qu'il veut, c'est jouer avec ses copains. Comment faire pour les convaincre de l'accepter sur le terrain ?